AF452637

VENTE DU SAMEDI 23 FÉVRIER 1895

HOTEL DROUOT, SALLE N° 11

A DEUX HEURES UN QUART

—⟨∞⟩—

OBJETS D'ART

Sculptures sur Ivoire et sur Marbre

Terres cuites

Bronzes européens et de l'Extrême-Orient

Argenterie, Émaux peints, Bijoux anciens et modernes

Porcelaines, Faïences

MEUBLES EN BOIS SCULPTÉ ET INCRUSTÉ

Vitrines, Tables, Sièges

Bureau anglais, Bonheur du jour, Écrans, Paravents

Tapis anciens de Perse

TABLEAUX ANCIENS ET MODERNES

Portraits de l'École française

AQUARELLES, DESSINS, MINIATURES

Mᵉ G. DUCHESNE	M. A. BLOCHE
COMMISSAIRE-PRISEUR	EXPERT PRÈS LA COUR D'APPEL
Rue de Hanovre, 6	Rue de Châteaudun, 28

EXPOSITION PUBLIQUE

Le Vendredi 22 Février 1895, de 2 heures à 6 heures

CONDITIONS DE LA VENTE

—

Elle sera faite au comptant.

Les Acquéreurs paieront, en sus des adjudications, CINQ CENTIMES PAR FRANC applicables aux frais.

Aucune réclamation ne sera admise une fois l'adjudication prononcée.

A. MAULDE et Cⁱᵉ, imprimeurs de la Cⁱᵉ des Commissaires-Priseurs, rue de Rivoli, 144.   3oo—48548

DÉSIGNATION

—

TABLEAUX

3 { 1 — **Allen** (Attribué à). Grand Portrait d'une Dame avec son enfant.

90 2 — **De Troy** (Attribué à). Portrait de jeune Dame en chasseresse.

20 3 — **Van Dyck** (Ecole de). Grand Portrait d'homme.

81 4 — **Largillière** (Attribué à). Portrait de Mme la duchesse de Choiseul, avec sa fille.

11 5 — **Rubens** (D'après). Tête de jeune Femme à collerette.

20 6 — **Tocqué** (Louis, attribué à). Grand Portrait de Louise-Adélaïde de Chartres, abbesse de Chelles, 1719.

7 — **Ecole française.** Tête de jeune Femme avec coiffure d'étoffe garnie de roses.

8 — **École française.** Panneau décoratif pour trumeau, avec bordure en bois sculpté.

9 — **École française.** Paysage sur panneau.

10 — **Astruc** (Zacharie). Cour de ferme. (Aquarelle. Signé.)

11 — **Ceramano.** Bergère conduisant son troupeau dans la forêt de Fontainebleau. Signé à droite et daté 1881. (Beau tableau.)

12 — **Clary**. La Visite au potager.

13 — **Edwar** (M.). Paysage avec figures. (Aquarelle.)

14 — **Langret** (P.). Courses de taureaux.

15 — **Masson** (P.). Le Repos de l'Amour.

16 — **Prins** (Pierre). Paysan dans les blés.

17 — **Prins** (Pierre). Sous bois. (Étude.)

17 *bis.* — **Prins** (Pierre). Paysan dans les bois.

17 *ter*. — **Prins** (Pierre). Sous Bois. (Étude.)

18 — **Privat** (G.). Promenade au bord du lac. (Signé.)

19 — **Ségé**. Paysage. (Signé.)

20 — **Trinquesse**. Portrait du peintre par lui-même. (Très beau tableau, touches des plus vigoureuses.)

21 — **Trouillebert**. Bord de rivière avec personnages.

22 — **Trouillebert**. La Promenade sentimentale. Sous bois.

23 — **Vuillefroy**. La Bûcheronne. (Signé.)

24 — **Ecole française**. Portrait de Femme.

25 — **Ecole moderne**. Prince indien et Bergère dans un bois.

26 — **Ecole moderne.** Déesse endormie dans un bois.

SCULPTURES

27 — Belle Statuette en ivoire sculpté, représentant saint Sébastien percé d'une flèche et attaché à un arbre, en bronze ciselé, socle en ébène décoré de plaques d'ivoire. (Travail ancien.)

28 — Jolie Statuette d'enfant nu en ivoire sculpté. (Travail ancien.)

29 — Statuette en ivoire sculpté et représentant la

Madeleine en prière. Elle est nue, presque agenouillée, une tête de mort à ses pieds.

3o — Grand Buste en marbre : Cléopâtre.

3i — **Carrier-Belleuse.** La Jeune Mère. (Groupe terre cuite.)

32 — **Carrier-Belleuse.** Hygia. (Statuette terre cuite.)

33 — **Carrier-Belleuse.** Rose. (Buste terre cuite.)

34 — **Carrier-Belleuse.** Femme au nid. (Satuette terre cuite.)

35 — **Carrier-Belleuse.** Enlèvement. (Groupe terre cuite.)

36 — Buste en bronze : Voltaire, sur socle en en marbre.

37 — Buste en bronze : J.-J. Rousseau, sur socle en marbre.

MEUBLES, OBJETS D'ART

38 — Jardinière en palissandre.

39 — Joli petit Bureau anglais.

40 — Bureau Bonheur du jour en acajou.

41 — Fausse Cheminée garnie en étoffe.

42 — Bois d'Écran en bois noir à colonnes torses.

43 — Deux Bustes en bronze de Louis XVI et Marie-Antoinette, socle marbre griotte.

44 — Petit Encrier en grès ancien.

45 — Deux Couteaux fermant à deux lames, dont une d'argent. Époque Louis XVI.

46 — Glace en bois sculpté Louis XIV.

47 — Vitrine en acajou et cuivre Louis XVI.

48 — Vitrine en bois sculpté et doré, garnie de glaces style Louis XVI.

49 — Petite Vitrine d'enfant en bois sculpté et doré, garnie de glaces

50 — Deux Chaises en marqueterie hollandaise.

51 — Table à jeu en marqueterie hollandaise.

52 — Table servante en marqueterie hollandaise.

53 — Vitrine à deux portes en marqueterie hollandaise.

54 — Deux Fauteuils en bois sculpté.

55 — Deux Escabeaux en bois sculpté.

56 — Canapé en bois sculpté.

57 — Table-Bureau en marqueterie ancienne.

58 — Vitrine en noyer ciré, style Louis XVI.

59 — Vitrine en acajou verni, style Louis XVI.

60 — Petite Table à ouvrage tricoteuse, style Louis XVI.

61 — Petit Bureau plat, style Louis XVI.

62 — Groupe en bronze : *la Jeunesse*, de Mathurin MOREAU.

63 — Paire de Bras d'applique en bronze doré, style Louis XVI.

64 — Paire de Chenets en bronze, style Louis XV.

65 — Deux Flambeaux en bronze, style Empire.

66 — Buste en bronze : *Enfant au casque.*

67 — Statuette en bronze de CARRIER-BELLEUSE.

68 — Grande Vasque en faïence du Japon, décor guerriers, monture en bronze doré.

69 — Lampe en porcelaine flambée de Chine, fond rouge haricot, monture en bronze.

70 — Deux Vases en faïence de Kioto, décor fleurs relief, sur socles.

71 — Trois Cannes en os sculpté.

72 — Brûle-parfums en faïence, décor paysages et personnages.

73 — Deux Sabres en os sculpté.

74 — Vingt-quatre Assiettes en porcelaine, décor fleurs.

75 — Deux Vases en faïence, décor à personnages.

76 — Deux Socles en bronze, patine brune du Japon, à chimères et oiseaux en relief.

77 — Service à thé en ancienne porcelaine de Chine, composé de neuf pièces.

78 — Grande Bouteille en faïence, fond vert, décor paons.

79 — Belle Vasque en porcelaine de Kanza, décor médaillons à fleurs et oiseaux.

80 — Deux Lampes en bronze ciselé du Japon.

81 — Six Sabres japonais.

82 — Onze Lances japonaise.

83 — Meuble en bois sculpté du Japon, orné d'incrustations de personnages, fleurs et oiseaux en nacre et ivoire.

84 — Deux Vases à anses en bronze, patine brune, à fleurs et oiseaux.

85 — Vase en bronze ancien du Japon.

86 — Coupe en ancienne faïence du Japon.

87 — Vasque en porcelaine du Japon, décor bleu sur blanc, pose sur trépied en bambou.

88 — Service à thé pour douze personnes, en porcelaine de Chine, fond rose.

89 — Brûle-parfums en Satzuma, décor à personnages.

90 — Garniture de cheminée formée d'un brûle-parfums et de deux vases en porcelaine de Kanza.

91 — Vase forme croissant, en porcelaine ancienne de Chine, décor à personnages mythologiques.

92 — Jardinière, forme boule, en faïence, supportée par deux personnages.

93 — Brûle-parfums, fond rouge, décor chrysanthèmes, anses et couvercle formés par des livres, sur socle en faïence.

94 — Jardinière marqueterie, bois de rose garni bronze.

95 — Paire Flambeaux Louis XVI.

96 — Paire Flambeaux argentés.

97 — Métier à tapisserie.

98 — Garniture cheminée marbre, avec coupe marbre et bronze.

99 — Deux Bols Chine.

100 — Buste biscuit.

101 — Pot à eau faïence.

102 — Deux Assiettes à fleurs.

103 — Assiette de Saxe.

104 — Assiette de Tournai.

105 — Déjeûner solitaire, porcelaine décorée.

106 — Cabaret porcelaine décorée et émail.

107 — Corbeille bronze doré amours.

108 — Samovar cuivre.

109 — Nécessaire de voyage, bois de palissandre.

110 — Miniature cadre doré Louis XVI, marchande d'amours.

111 — Plateau fond en glace, monture bronze doré.

112 — Salière en plaqué.

113 — Corbeille à pain en plaqué.

114 — Porte-cigares en plaqué.

115 — Porte-flacons.

116 — Vase plaqué.

117 — Deux chandeliers anciens en cuivre.

118 — Deux coupes en marqueterie.

119 — Statuette en bronze : la Pêche miraculeuse.

120 — Statuette en argent ancien.

121 — Deux Vases en porcelaine de Saxe.

122 — Statuette en ivoire.

123 — Couvert en Saxe et argent composé de trois pièces.

124 — Assiette en porcelaine de Vienne.

125 — Pendule en bronze doré, époque Empire.

126 — Grand Tapis persan sur fond bleu.

129 — Tabouret en carré noyer et tapisserie.

127 — Tapis ancien de Perse.

128 — Chevalet.

130 — Table à ouvrage en marqueterie.

131 — Porte-parapluie en chêne.

132 — Grande armoire en hêtre.

133 — Supports jardinière, bronze et faïence décorée.

ÉMAUX, MINIATURES, ARGENTERIE
BIJOUX

134 — Grande miniature sur ivoire : Portrait de la princesse de Bourbon Conti. Cadre en bronze doré à fronton et chevalet.

135 — Miniature ovale sur ivoire : Portrait de la princesse de Turenne.

136 — Miniature sur ivoire : Sujet de l'École française. XVIIIᵉ siècle. Cadre en bronze doré.

137 — Miniature sur ivoire : Deux personnages, d'après LANCRET.

138 — Miniature ovale sur ivoire : Portrait de grande Dame. Cadre ovale en bronze doré à fronton.

139 — Miniature sur ivoire : Portrait de Marquise.

140 — Miniature sur ivoire : Portrait de jeune Fille du XVIIIᵉ siècle.

141 — Bonbonnière ornée d'une miniature : Portrait de Femme.

142 — Miniature sur ivoire : Portrait de Femme Louis XVI.

143 — Miniature sur ivoire : Portrait de Marie-Antoinette.

144 — Miniature sur ivoire : Sujet galant.

145 — Miniature sur ivoire : La Laitière.

146 — Jolie Miniature ovale, représentant Madame Elisabeth. En costume de la fin de Louis XVI, la gorge recouverte d'un fichu de dentelle noire, un bouquet au corsage.

147 — Jolie Miniature ovale, représentant Madame la princesse de Polignac. En robe de mousseline blanche avec voile de gaze derrière la tête.

148 — Jolie Miniature ovale, représentant Miss Smith.

149 — Glace en ivoire ornée d'une miniature.

150 — Carnet de bal orné d'une miniature.

151 — Étui à or orné d'une miniature.

152 — Bonbonnière ornée d'une miniature.

153 — Deux Carafes en verre gravé.

154 — Carafe montée en argent.

155 — Trois Miniatures. (Sera divisé.)

155 *bis* — Carnet de bal en ivoire et émail.

156 — Petite Mandoline en écaille.

157 — Petite Guitare en écaille.

158 — Petite Lyre en écaille.

159 — Coupe en argent.

160 — Ameublement de petit salon en argent, composé d'un canapé, deux fauteuils et une table.

161 — Bonbonnière en argent.

162 — Porte-montre en émail formant fauteuil.

163 — Jardinière en émail.

164 — Bonbonnière en émail et argent.

165 — Garniture de cinq Vases en faïence polychrome.

166 — Email rectangulaire, avec peinture représentant la Jeunesse de Marie.

167 — Deux Émaux en camaïeu brun : Paysages, cadres en peluche et signés : L. ROBERT.

168 — Quatre petits Émaux pour broches, représentant des Portraits de Dame.

169 — Paire de Boutons à vis, formés de deux brillants.

170 — Bague formée d'un saphir entouré de huit brillants.

171 — Bague ancienne en or, enrichie de six brillants.

172 — Bague en or, enrichie d'un rubis et de deux diamants.

173 — Bague en or, enrichie d'un brillant et de deux émeraudes.

174 — Bague en or, formée d'une turquoise, entourée de quatorze brillants.

175 — Épingle de cravate composée d'une perle fine pendeloque et de roses.

176 — Paire de Boutons de manchettes en or et améthystes.

177 — Paire de Boutons d'oreilles formés de deux brillants solitaires.

178 — Paire de Boutons d'oreilles formés de deux turquoises fines entourées de trente brillants.

179 — Broche barrette ornée de sept perles fines.

180 — Broche en or, perle fine et diamants.

181 — Bague marquise, enrichie de rubis, émeraudes, saphirs et roses.

182 — Bague en or, formée d'un brillant.

183 — Bracelet en or, enrichi de vingt-trois brillants et de quatre rubis.

184 — Objets non catologués.